REJETE
DISCARD

LE PÈRE D'USMAN

Du même auteur chez le même éditeur :

Tu attends la neige, Léonard ?, nouvelles, 1992, rééd. poche 1996. Prix du Signet d'Or.
La complainte d'Alexis-le-trotteur, roman, 1993.
1999, roman, 1995.
L'écrivain public, roman, 1996, rééd. poche 1999.
Ballade sous la pluie, roman, 1997.
La recherche de l'histoire, essai, 1998.
Du virtuel à la romance, nouvelles, 1999.
La désertion, roman, 2001.
Banlieue, roman, 2002.
Les amours perdues, roman, 2004. Prix Ringuet de l'Académie des lettres.
La Cité des Vents, roman, 2005. Mention spéciale de l'Organisation internationale de la Francophonie.

Aux éditions Québec Amérique :

Conséquences lyriques, roman, 2010.

PIERRE YERGEAU

Le père d'Usman

roman

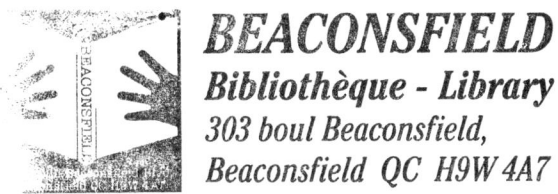

L'inStant même

Maquette de la couverture : Anne-Marie Jacques
Illustration de la couverture : Gilles Pellerin
Photocomposition : CompoMagny enr.

Distribution pour le Québec : Diffusion Dimedia
539, boulevard Lebeau
Montréal (Québec) H4N 1S2

Distribution pour la France : Distribution du Nouveau Monde

© Les éditions de L'instant même, 2015

L'instant même
865, avenue Moncton
Québec (Québec) G1S 2Y4
info@instantmeme.com
www.instantmeme.com

Dépôt légal – Bibliothèque et Archives nationales du Québec, 2015

Catalogage avant publication de Bibliothèque et Archives nationales du Québec et Bibliothèque et Archives Canada

Yergeau, Pierre, 1957-

    Le père d'Usman

    ISBN 978-2-89502-367-8

    I. Titre.

PS8597.E73P47 2015   C843'.54   C2015-941712-0
PS9597.E73P47 2015

L'auteur remercie le Conseil des arts du Canada pour son soutien financier durant la rédaction de ce livre.

L'instant même remercie le Conseil des arts du Canada, le gouvernement du Québec (Programme de crédit d'impôt pour l'édition de livres – Gestion SODEC) et la Société de développement des entreprises culturelles du Québec.

Nous reconnaissons l'appui financier du gouvernement du Canada.
We acknowledge the financial support of the Government of Canada. Canadä

À mon amour Sylvie Duval
Aux enfants qui sont grands

The only way of expressing emotion in the form of art is by finding an objective correlative (...)

T. S. Eliot.

Le chronotope

Les verrières sombres et l'agitation du grand hall où
    des personnages déguisés en chat
        en commerçant
          en vagabond
                allaient et venaient fébrilement

Tous les espoirs sont permis au début d'un livre

un enfant et sa mère

J'AI MARCHÉ LE LONG DU DÉBARCADÈRE. Chaque passager ressemblait à une figurine sur un gâteau de fête. Les trains sculptés dans l'acier, les visages magnifiques, les squelettes qui s'agitaient composaient une vaste chorégraphie.

Des ouvriers attelaient un wagon. Un voyageur les regardait, le menton appuyé sur la main. Il y avait des bruits de sifflet et de pas sur les quais noirs de poussière. Un enfant tenait la main de sa mère et courait à ses côtés.

Parmi le flot des voyageurs, certains restaient là, debout sur les quais. Leurs esprits semblaient à peine émerger à la surface des objets. D'autres remuaient les bras et consultaient un horaire, en tirant leurs valises amoncelées sur un chariot. Les conversations s'entremêlaient.

– Vous avez du feu ?
– When is it leaving ?
– Tu es revenu ?
– What ?

Sous la charpente métallique, le bruit des machines, les coups de sifflet, les conversations et le roulement des chariots sur le ciment créaient un fond sonore tourbillonnant. Les roues des trains stationnés luisaient. Une horloge à la sortie des quais semblait figer le temps.

Dans la salle des pas perdus, sous la grande verrière, les voyageurs se sentaient un instant écrasés par les bleus irisés du soir. Je me suis rendu à un kiosque au milieu du hall. Un jeune homme derrière le comptoir portait un insigne. Je pouvais lire son nom. Buster Cliff.

– Can I have a newspaper ? This one. *The... Guardian.*

Le commis a suivi mon geste de la main en hochant la tête. Il ressemblait à Léonard. Lorsque mon cousin était fatigué, il commençait à balbutier ou à répéter des mots, comme s'il cherchait une bouée avant de faire naufrage.

Une voix dans un haut-parleur annonçait le départ d'un train. Des passagers se mettaient à courir avec leurs petites valises et leurs chapeaux brinquebalants. C'était drôle de les voir sautiller. Tous ces gens ont disparu. Il y avait plein de papiers sur le sol. J'en ai ramassé un et je l'ai mis dans ma poche. « C'est le début », était-il écrit.

– Attendez-moi ! s'écria un voyageur en clopinant vers un quai.

T. S. Eliot

Nous étions le 17 novembre 1980. Cela faisait deux mois que je me trimballais en Europe. J'avais fait les vendanges en Champagne et au Beaujolais. À la maison du Québec à Paris, un employé m'avait dit qu'il était possible pour un Canadien d'obtenir un permis de travail au Royaume-Uni.

– Vous êtes, après tout, un citoyen du Commonwealth, me dit le fonctionnaire.

Buster Cliff ressemblait à un acteur muet. Je ne pouvais rien pour lui. Léonard travaillait dans une cafétéria de Val d'Or, où il lavait la vaisselle et exécutait de menus travaux. Je lui envoyais des cartes postales.

Sur le grand tableau noir de la gare Victoria, où étaient affichés les destinations, les heures de départ et les quais d'embarquement, on pouvait lire un poème d'Eliot. Ce n'est pas vrai, bien sûr. Lorsque j'essaie de rivaliser avec le réel, j'aime bien évoquer Eliot, parce qu'il est un de ces types qui ne craignent pas le temps.

J'ai dit au revoir au commis, qui ne m'écoutait pas. Une Anglaise au visage immuable attendait son train pour aller voir Michel-Ange, une grosse valise près d'elle. Elle m'a regardé. Elle boirait des cocktails à une terrasse, sous un soleil qui brillerait comme un impératif moral.

J'ai levé la tête. Des gouttelettes s'écrasaient contre la verrière. Mon regard s'est abaissé vers les arches qui séparaient les salles d'attente. Des passagers et des badauds montaient et descendaient des escaliers roulants.

Des voyageurs parlaient dans des téléphones publics.

– Allô ! Allô !

– Je ne vous entends pas !

Eliot venait d'une famille prospère de l'Amérique. J'étais né dans un village de l'Abitibi, où le mensonge romanesque n'a aucun attrait, où la littérature est une faute d'expression.

le ballon rose

Un petit chien s'est mis à courir dans le hall de la gare, avant de s'immobiliser à mes pieds. Il a jappé, puis est reparti. Un piéton portait un parapluie qui gouttait sur le sol. Un musicien ambulant grattait sa guitare, tandis que les passants défilaient sans s'arrêter ou en lançant une piécette.

J'ai pris ma valise et j'ai marché vers une sortie, mon journal sous le bras. Je suis resté à l'abri sous un porche jusqu'à ce que l'averse diminue. J'ai feuilleté le journal. Un titre a retenu mon attention : « The Iron Lady's says No ! »

Des piétons, dans des costumes qui appartenaient à d'autres époques, apparaissaient aux abords de la gare. Un fiacre est passé. À cet instant, une femme a traversé la rue avec des ballons multicolores gonflés à l'hélium et l'enfant qui courait à ses côtés. Un autobus à impériale est apparu devant un grand édifice de briques.

Les premiers jours, à Londres, les objets et les êtres surgissaient pêle-mêle. Je m'étonnais des rues curvilignes, des entassements de piétons, des riches odeurs de bitume et de poisson mort, des parfums de truffe, de cumin et de friture, et cette impression d'être plongé dans l'épaisseur de la vie, au milieu d'un music-hall où les fantômes côtoyaient les humains qui se hâtaient dans toutes les directions.

J'ai traversé la rue. Des petits bouts de papier étaient poussés par le vent comme des confettis. Il y avait une odeur de confiture ou de sucre d'orge, d'asphalte mouillé. Je me suis retourné, avant d'apercevoir un ballon rose s'élever dans le ciel gris.

la solitude

Tous les jours étaient gris. Il y avait pourtant d'étonnants contrastes de lumière. Des lueurs illuminaient les brumes. La fébrilité que l'on ressentait dans les stations de métro aux heures de grande affluence, ou sur les trottoirs du Strand, s'effilochait près de la Tamise où les chalutiers et les paquebots glissaient sur l'eau brune.

La solitude qui vous saisit au milieu de la forêt boréale et qui vous abandonne au bord du désastre était ici brisée par les attroupements, les sculptures de bronze dans les parcs, les punks qui ressemblaient à des mutants. Le monde matériel n'était plus un fardeau.

Un après-midi, en buvant un café à une terrasse près de la gare, il m'a semblé comprendre. Le flux incessant des piétons, la circulation étourdissante des véhicules ne pouvaient rompre cet éclat qui frappait les objets sans laisser d'ombres sur le sol.

La dureté de la lumière en Abitibi venait de l'omniprésence d'un ciel qui déchirait l'horizon. Les surfaces étaient aplaties et ciselées. Sur la troisième avenue, à Val d'Or, on devinait clairement le destin des piétons. Les journées à l'usine et les bruits de tam-tam, les nuits à boire et à prendre des poses héroïques. Les

Le père d'Usman

galeries souterraines et les matins où le seul monument était le vent qui sifflait entre les épinettes.

    Ici, les pierres avaient la douceur d'une peau ridée. Les visages surprenaient par leur blancheur végétale. J'aimais la moiteur de l'air, cette façon dont un mur de briques devenait une surface sur laquelle mourait doucement la lumière, ou l'engouffrement des foules dans les couloirs du Tube.

un héros des montagnes

Dès les premiers jours, je n'ai pas voulu quitter Londres. Le matin, j'allais acheter un journal au kiosque de la gare Victoria. Je cherchais un boulot dans la rubrique des petites annonces. Je disais bonjour à Buster Cliff, qui me répondait en maugréant.

Une annonce publiée dans le *Guardian* promettait un emploi immédiat et bien rémunéré. Je me suis rendu dans un entrepôt de Tottenham. J'étais énervé et enthousiaste.

Je suis entré dans un local blême, long et étroit, éclairé de néons. Un petit groupe d'hommes et de femmes attendaient sur des chaises rangées contre le mur. Ils venaient de différents pays européens et des anciennes colonies. Ils illustraient à leur manière un pan de l'histoire de l'Empire britannique.

Après quelque temps, un type d'une extrême maigreur s'est tourné vers moi. Il semblait atteint d'un trouble nerveux, le visage surpris, les os fragiles. Il regardait autour de lui avec de grands yeux inquiets. Ce garçon avait le visage fantomatique et fiévreux des gens malades.

J'entendais une longue respiration sonore qui ressemblait à : « hhhhhéééeeeeeeefffffff ». Il ne disait rien. On aurait dit qu'il venait d'escalader à la course une flopée de marches. Il cogna contre mon épaule et me remit un bout de papier.

– Les appartements sont si chers ! était-il écrit.

Puis il m'en remit un autre :

– Tu habites où ?

– Un hôtel... près de la gare Victoria, dis-je en essayant de comprendre le but de son manège.

– Hhééeeeefffff !

Son regard s'ouvrait, et on remarquait à quel point ses yeux sombres étaient remarquables. Il n'avait pas l'air réel. Il était une illusion d'optique. Rien ne laissait présager qu'il deviendrait un jour un héros. Il se remit à écrire et à me tendre ses bouts de papier :

– Les maisons ici sont grises.

– Bonjour.

– J'ai l'impression d'être assis sur des clous !

– Je m'appelle Usman.

– Bonjour, Usman ! Tu viens d'où ?

Ses mains ont hésité avant de se soulever. On aurait dit une petite bête sauvage apeurée qui quittait son nid terreux. Les doigts se sont ouverts, facétieux, et ont flotté un instant devant mes yeux. Ils faisaient beaucoup d'efforts pour reconstituer ce qui me semblait être un paysage, je ne sais pas, une terre ravagée par un déluge. Puis le poing s'est refermé, à l'exception de l'index qui pointait vaguement l'espace.

– De loin ! Tu viens de loin ! Moi aussi !

Usman a hoché la tête. La paume s'est ouverte et les doigts se sont mis à onduler, comme s'ils moulaient une tourelle, des objets curieux, des matins éclatants, humides et chauds, des animaux dans la pénombre : je n'en avais aucune idée. J'ai essayé de deviner.

– Des montagnes ? dis-je. Enchanté de te connaître, Usman.

Le chronotope

Il m'a tapé sur un genou. Je lui ai alors parlé du chien que j'avais aperçu à mon arrivée à la gare Victoria et du ballon rose. Il a paru intéressé. Il était suspendu à chaque bout de phrase que je pouvais lui dire. Je ne savais pas s'il était malade, ou délirant, ou tout simplement idiot. L'idiot d'un village d'un pays lointain, comme moi ! qui s'était retrouvé à Londres après une longue errance.

La secrétaire portait une veste à épaulettes et fumait une cigarette au menthol. Ses cheveux crêpés retombaient sur un visage rosé. Elle nous a demandé de remplir un formulaire. *The Tide is High* de Blondie jouait à la radio. J'aimais bien le petit rythme de xylophone qui se mêlait au ukulélé.

Blondie apparaissait au milieu d'un aquarium, puis au centre de l'univers, les mains sur les hanches. La secrétaire portait des bottes argentées et donnait l'impression de venir d'une autre galaxie. Elle nous regardait de haut avec sophistication.

Après quelques autres formalités, elle nous a dit que nous étions embauchés. Il fallait arriver tôt le matin. Nous faisions désormais partie de l'équipe dynamique de la United Parcel Co.

les racines

Le lendemain matin, je me suis rendu à l'entrepôt de Tottenham sur une vieille bicyclette que j'avais achetée dans un marché public, à Camden, où j'avais visité en vain quelques appartements à partager. Je pédalais à vive allure sans trop me soucier de la circulation. Aux feux rouges, je zigzaguais entre les voitures. J'ai cadenassé la bicyclette près des bureaux et je suis entré.

L'entreprise assurait la distribution de sacs publicitaires. Un homme derrière un comptoir organisait le travail. Une triste bête, barbue et bouffie, ancrée sur sa chaise. Il était imposant et se pourléchait constamment les babines. Cet auto-érotisme semblait être une source de satisfaction profonde.

– Vous attendez quoi ? s'esclaffait-il. Que je vous serve un thé ?

L'homme rigolait en nous contemplant. Une bouilloire était posée sur une tablette derrière lui, près de boîtes de céréales vides et de quelques dossiers crasseux. Parfois un type en complet élimé sortait d'un bureau et allait remplir la bouilloire. Il attendait un instant le sifflement strident avant de verser l'eau dans une tasse, où il jetait un sachet de thé, un godet de lait et des carrés de sucre.

– Quel est mon numéro ? Quelqu'un le connaît ?

– Hé ! Papi ! Qu'est-ce que tu fais ici ?

Le chronotope

Des conducteurs sont arrivés et ont lancé une série de chiffres.
– 66, 67, 68 : suivez-moi !
– Le 67 ! Mais c'est moi, le 67. Attendez !
De petits groupes se sont formés à la hâte, dans le désordre le plus total. Ils répétaient leurs chiffres. Les conducteurs les regroupaient comme du bétail. Ils ont quitté le local et, par la fenêtre, je les voyais marcher dans le stationnement et s'engouffrer dans une fourgonnette remplie de sacs publicitaires.
– Vous êtes de joyeux sales fils de putes ! dit le répartiteur. Vous devriez retourner chez vous ! Toi, le grand, tu as l'itinéraire 84. Le conducteur arrive bientôt. Usman, tu le suis ! Non, mais ! Tu dors où, dans la cour avec les chiens ?
La petite assemblée ricanait. Je me suis retourné. Usman était assis dans un coin. Il se penchait vers l'avant pour gratter le plâtre du mur qui s'écaillait. Je l'ai appelé. On aurait dit que des fils invisibles l'avaient alors tiré d'un seul coup pour le soulever dans les airs comme une marionnette. Il est venu s'asseoir à mes côtés.
– Hhéééeeefffff !
– Bonjour, Usman !
– Hhhééeeffff !
Le répartiteur recula sur son siège. Il fixait la petite assemblée goulûment, par-dessus ses lunettes en demi-lune, satisfait de lui-même. Tous ces gens espéraient gagner quelques sous pour payer une facture ou acheter une bouteille de brandy.
Un homme qui devait avoir dans les quatre-vingts ans roulait un harmonica entre ses doigts et tapait du pied dans la rangée devant nous. Usman m'a remis un bout de papier en m'indiquant de la tête le vieil homme.
J'ai pris le papier, je l'ai lu et j'ai hésité un instant. Le vieux avait de petites mains osseuses, délicates et blanches. On aurait dit de la pâte à pain.

Le père d'Usman

J'ai déplacé ma chaise pour attirer son attention. Usman m'encourageait du regard. L'homme s'est tourné dans ma direction. Un duvet blanc couvrait ses lèvres fines. S'il avait été un peu plus gras, il aurait fait un formidable père Noël. Il nous a jeté un coup d'œil amusé. J'étais nerveux. Usman trépignait d'impatience à mes côtés. J'ai pris le bout de papier et je me suis raclé la gorge :

— Vous avez fait la guerre ? ai-je demandé en détachant les syllabes.

L'homme a fixé mon bout de papier, puis il nous a considérés un instant avant de répondre :

— La Grande Guerre ! Dans la boue, les gars, dans la merde ! Puis j'ai joué de l'harmonica sous les bombardements dans le métro de Londres. Je viens du pays de Galles. Je m'appelle Tommy.

On s'est serré la main. Usman rayonnait. Il semblait vraiment heureux. Il m'a tapé sur l'épaule. Si l'on dépouillait ce vieil homme de son manteau, sans doute que l'on découvrirait une charpente délicate, un corps de vieil érudit qui avait traversé une bonne partie du vingtième siècle avec un harmonica.

On a discuté quelque temps. Tommy avait une excellente mémoire. Il aimait évoquer l'époque où il avait reçu une médaille. Tous les jours il se disait qu'il allait crever.

— Et pourtant, ajoutait-il, je suis encore là !

Ses souvenirs étaient d'une précision admirable. Usman lui répondait avec les mains. Il n'utilisait pas le langage des muets. Il modelait plutôt les objets et les pensées avec brio. Usman évoquait avec aisance et une grande simplicité les situations et les émotions les plus diverses. J'ai assumé aussitôt le rôle de l'interprète.

— Mon colonel était toujours sur son cheval ! Je crois qu'il dormait dessus ! racontait Tommy.

Le chronotope

— Est-ce qu'il y avait une fanfare ou de la musique ? dis-je en regardant les mains d'Usman qui battaient la mesure.
— Vous êtes drôles, vous, les civils ! s'exclama le vieux en ricanant. Il y avait la musique des balles qui sifflaient à nos oreilles !

Le répartiteur a finalement appelé le numéro de Tommy. Le vieux s'est levé d'un bond et nous a fait un signe militaire de la tête. Il est parti. On aurait dit qu'il avait toujours vingt ans. Sous ses semelles, j'ai remarqué des petites racines qui cherchaient à agripper le sol.

le siffleux

Une bête trapue remuait pas loin de la berge caillouteuse. De loin j'ai cru qu'il s'agissait d'un castor. Autrefois, j'avais l'habitude de marcher dans les bois. Au milieu de la forêt, l'ordre temporel n'est plus le même. On est une simple unité de l'univers visible, une variable dans le flux des données de l'espace, un phénomène un peu risible qui n'a pas d'avenir.

J'ai fait quelques pas, puis j'ai entendu le cri – entre une note stridente d'oiseau et un hoquet – du siffleux qui s'était retiré derrière un amas de roches. Sa petite tête souriante m'est apparue, cette tête qui se dérobait aussitôt devant le voyageur ou l'intrus.

J'essayais de déterminer quelles pouvaient être ses possibilités de retraite. Si je faisais encore un pas, le siffleux allait probablement bondir en direction de la berge. J'ai avancé plus rapidement, en coupant vers la rivière. Combien de fois avais-je cherché, adolescent, à être plus malin qu'une marmotte ou une loutre, pour me rendre compte que je n'étais qu'un imbécile ?

En approchant du tas de roches, une grande ombre a couvert les épinettes et les couleurs se sont métamorphosées. J'ai levé la tête. Le ciel était bas et semblait vidé de sa lumière.

Le chronotope

Ce ciel me donnait chaque fois l'impression d'aplatir davantage la surface du sol, et de me projeter vers le silence stellaire. Un petit nuage roulait à contre-courant.

Il y avait là, au-dessus de ma tête, des voies aériennes qui permettaient la circulation des souvenirs – un nuage qui avait la couleur du laiton terni. Le siffleux a repris son chant apeuré, puis le ciel est redevenu d'un blanc cotonneux, translucide. Le vent a frappé mon visage avec ses odeurs d'herbes pourries. Je suis parti. Devant moi s'ouvrait Trafalgar Square.

L'amour au temps des punks

Je ne vous ai pas reconnu

          Pourtant je me souviens de vous

                    Je vous ai suivi et je vous ai oublié

Le soir à la recherche d'une histoire

          Sous la pluie à la sortie du Tube

          Je vous attendais

Pour lancer des confettis sur une terre sans couleur

bon débarras

Nous n'avons travaillé que quelques jours à la United Parcel Co. Assez rapidement, Usman a trouvé un emploi de plongeur dans un restaurant pakistanais de la City, tandis que j'étais embauché dans une entreprise qui fabriquait des vêtements pour obèses.

Les vêtements hypertrophiés étaient rangés dans un entrepôt. Ils n'étaient pas seulement mélancoliques. Ils flottaient dans les rangées et exerçaient un attrait mystérieux. Je préparais les commandes. On se retrouvait dans un bar punk après le boulot.

Au Chaos, il y avait toujours plein de gens qui semblaient en deuil, habillés de noir, le regard douloureux et perdu. Des fantômes donnaient des coups de pied dans le vide. Ils ne s'exprimaient que par onomatopées.

– Hé !
– Ouais !
– Là ?
– Je sais !
– Sale nuit !
– J'y vois rien.
– Quoi ?

Le père d'Usman

La musique faisait un vacarme extraordinaire. Le batteur tapait sur ses caisses avec fébrilité. Le guitariste, torse nu, avait l'air malade. Il avait le génie de marteler le même accord avec conviction. Le chanteur hurlait comme s'il venait d'être ébouillanté.

On aurait dit que les musiciens s'acharnaient sur une bête morte. Il fallait d'abord détruire le monde. Le chanteur brandissait son poing et criait avec véhémence. S'il n'en tenait qu'à lui, les passants dans la rue recevraient des électrochocs.

Un soir, Usman m'a tendu un bout de papier. Il tanguait entre les corps. Je me suis approché d'une lumière verdâtre pour lire :

– Mon père fume la chicha.

Je l'ai regardé en essayant de comprendre. Le stylo avait creusé des sillons dans le papier. Je pouvais sentir le creux des lettres sous mes doigts. Je ne reconnaissais pas bien son visage, qui semblait tout ratatiné.

Est-ce que je vous l'ai dit ? Usman avait souvent des expressions enfantines. D'autres fois il ressemblait à mon cousin, avec ses yeux vides et son regard un peu lointain. Il avait une petite veine saillante sur la tempe, d'un gris bleu délicat, qui pulsait sous la peau sombre.

Sa main s'est soulevée. Les doigts se sont repliés pour palper une surface épaisse et ronde. Ils glissaient et touchaient avec délicatesse ce qui semblait être une paille, ou un tuyau. Ses doigts étaient vraiment expressifs. Ils m'enchantaient, parce que j'avais toujours l'impression qu'ils allaient me raconter une histoire.

– Il aspire la pipe à eau. La fumée remplit ses poumons, sa tête, son cœur, ai-je repris, en essayant d'interpréter ses gestes. La fumée de la chicha remplace toutes ses pensées. Ce qu'il a fait durant la journée, et ce qu'il a oublié de faire...

L'amour au temps des punks

Usman a esquissé une grimace d'encouragement. C'était devenu rapidement un jeu entre nous. Il m'arrivait d'avoir l'impression de traduire avec justesse ses mimiques. J'essayais de me fier à la précision du geste et au spectacle des mains qui exprimaient des scènes dans leurs moindres détails.

Quelquefois, les mots semblaient si usés qu'ils n'arrivaient plus à évoquer le moindre souvenir. Les mots devenaient sans conséquence. Je pouvais en prononcer plusieurs avec une grande rapidité, en me déplaçant d'un endroit à un autre, en prenant le Tube ou l'impériale, puis je les oubliais. Usman a touché son oreille, puis sa bouche, avant de faire mine de partir.

– La nuit, ton père aime écouter de la musique à la radio. Il souffle devant lui des pavots vaporeux. Il cogne le tuyau de la pipe contre une table pour marteler le rythme d'une chanson sentimentale en buvant du thé.

Je rêvais parfois de voir se briser les mécanismes qui relient les mots aux souvenirs. Je ne marcherais plus dans la forêt boréale, à essayer de compter les épinettes. Usman me regardait. Les mots seraient comme les arbres : ils disparaîtraient dans la brunante. Bon débarras !

la chance

– HÉÉÉEEEEFFFFF, a fait Usman en s'éloignant dans la foule.
Sur la piste, une fille dansait, les cheveux fluorescents, un collier de cuir noir serrant son cou. Le groupe reprenait le succès des Sex Pistols, *Anarchy in the U.K.* Le chanteur tenait son micro à deux mains, comme s'il essayait de ne pas glisser sur la scène. Il en avait marre du train-train quotidien et de tous les charlatans qui promettaient le bonheur.
La ritournelle avait le rythme envoûtant de ces chansons naïves d'autrefois. La basse explosait. L'anarchie était un cauchemar intime, où les gens prenaient des somnifères avant d'aller travailler. Le chanteur se déhanchait.
Il ne chantait pas. Il cherchait avec sa voix ce qu'il y avait sous la chair, sous la beauté, sous l'apparence. Les mots n'étaient pas exorbitants – ils n'étaient pas non plus des bulles de savon –, c'étaient des cris, des hurlements, des mimiques.
– I am an Antichrist! hurlait-il.
Il ressemblait à un cadavre vivant, le corps dénudé, d'une blancheur et d'une maigreur extrêmes. Il était dépossédé de la vie. Ses mouvements étaient de simples réactions nerveuses aux décibels vomis par les haut-parleurs.

L'amour au temps des punks

Un papier était pris sous mes semelles. Je l'ai ramassé. « No luck », était-il écrit. C'était un mot d'Usman griffonné sur un papier mauve tiré d'un bloc-notes à bande adhésive.

Parfois Usman écrivait et jetait ses petits papiers sur le sol. Je l'avais vu faire dans l'entrepôt de Tottenham. Je m'étais dit que c'était comme s'il abandonnait ses pensées sur la route ou au bord du chemin. Ses pensées restaient derrière lui et habitaient pour un temps le paysage.

On croit que nos corps se déplacent de manière implacable. Qu'ils disparaissent des lieux où nous avons habité. Mais il y a des mots qui restent pris, coincés dans le temps. On peut les retrouver derrière un canapé, sous un lit, sur une piste de danse. « No luck. » Était-ce son père qui n'avait pas eu de chance ?

J'ai cherché Usman des yeux. Une fille sur la piste de danse vivait sans doute un épisode particulièrement triste de son existence. Elle s'est laissée tomber sur le plancher. Les autres danseurs n'y voyaient pas d'inconvénient. Après un temps, un serveur est venu la soulever pour la reconduire vers la sortie.

Dans l'obscurité de la salle, je remarquais parfois un homme avec un haut-de-forme ou une femme en robe longue avec un col haut, fermé, un flot de dentelles ou un tissu onctueux qui avait une drôle de consistance. La femme apparaissait un bref instant. L'homme disparaissait. C'est à peine s'ils avaient le temps de laisser une trace dans ma mémoire.

les dents

J'aimais Londres. Il m'arrivait parfois de rester paralysé devant tant de beauté. J'étais ébloui par l'histoire, par les fantômes qui se promenaient sur les trottoirs et qui se mêlaient aux passants, par le mouvement perpétuel des voitures dans les grandes rues et par le charme des jardins publics.

Dans la forêt boréale, je ne retrouvais pas la moindre trace de wigwam ou de chasse-neige. Une fois, au printemps, j'avais découvert des ossements sous un tas de feuilles. On aurait dit un tubercule qui poussait de la terre.

Une autre fois, dans le creux d'un gros rocher du village minier, près des terrains de tennis et d'un petit boisé, j'avais trouvé une mâchoire. Je l'avais montrée à mon oncle André, qui était trappeur.

– C'est la mâchoire d'un raton laveur. Tu vois comme les dents sont belles, avait-il dit. Là, à l'arrière, ce sont les broyeuses. Le raton laveur aime tout. Les insectes, les grenouilles, les ordures. Il est pas difficile !

Les morts étaient froids et ils ne parlaient plus. Ils ne prenaient pas beaucoup de place sous la terre gelée. La neige tombait sur eux. Ils ne se souvenaient même plus des jours passés.

L'amour au temps des punks

Ils laissaient derrière eux des dents et des petits totems. Ils avaient gravé leur inquiétude sur un bout de bois. Des images de bonheur perdu apparaissaient au fond des grottes, sous la neige. Quelqu'un tapait sur mon épaule. Usman gesticulait devant mon visage.

– Héééeeeffff, disait-il.

– Quoi ? Qu'est-ce que tu veux ?

Il a soulevé sa main droite devant mes yeux. Ses doigts se sont ouverts et crispés. Ils se sont agités un instant. C'était comme si ses doigts me dictaient en rafale tous les mots du dictionnaire, dans un sentiment de panique. Les doigts tremblaient, raidis par la douleur ou la jubilation.

– Qu'est-ce que tu veux dire ? Je ne comprends pas, Usman.

Il s'écarta. Une fille maigre aux cheveux roses est apparue derrière lui. Elle était d'une pâleur inquiétante et semblait sortie tout droit d'une crypte. Assez grande, habillée d'un pantalon de l'armée et d'un blouson de cuir déchiré, elle ne bronchait pas. Un peu maladroitement je lui ai tendu la main.

La fille a d'abord reculé d'un pas et m'a regardé, incrédule. À cet instant, j'avais conscience d'être un crétin. Je me préparais à fermer ma main tendue et à la remettre dans la poche de mon pantalon lorsqu'elle s'est avancée et l'a saisie. Sa main était glacée.

– Hello ! dit-elle avant de me tourner le dos.

Usman m'a remis un bout de papier :

– Je te présente April.

portrait de mon père

Mon père travaillait à la mine Lamaque, à Val d'Or, en Abitibi. Il fumait des rouleuses. Je dirais qu'il fumait avec obstination. Il roulait méthodiquement ses cigarettes. Il déposait le tabac sur la feuille. Il plissait le papier entre ses doigts d'une seule main et, après avoir roulé et tassé le tabac, il pliait un bout de la feuille vers l'intérieur. Il léchait la colle et lissait la cigarette avec son pouce.

Lorsque j'ai interprété les gestes d'Usman, je me suis souvenu de mon père, un ouvrier soucieux qui fumait sans dire un mot après le repas. Je ne prétends pas qu'il aimait le silence. C'était peut-être un système de défense, ou une façon comme une autre de ne plus exister. Je n'en ai aucune idée. Je n'en ai pas parlé avec Usman. À vrai dire, je ne parle jamais de mon père.

tu es cinglé

De toute manière, personne ne pouvait se comprendre dans le bar. C'est à peine si l'on pouvait marcher. Pour traverser la piste de danse, je devais me frayer un chemin entre des rangées de corps exotiques qui s'agitaient dans tous les sens. J'éprouvais le tumulte de la musique dans mon ventre. Ma tête éclatait à chaque coup de cymbale.

Usman semblait connaître tous les habitués du Chaos. Il m'a présenté Layla. Elle portait de grands chandails noués autour de la taille, qui lui servaient de sacs. Elle ne s'énervait jamais et ne vous quittait pas des yeux. Elle prononçait des paroles qui semblaient sorties d'un livre de proverbes punk.

– Le mur de Berlin est notre seule certitude, disait-elle.

Ou encore :

– J'aime les taxis, madame Thatcher et les abattoirs !

Souvent en revenant chez moi je me rappelais certaines phrases qu'elle avait dites et je riais tout seul. Elle avait un visage anguleux et des mains de boxeur. Durant les premières semaines, elle m'a aidé à trouver un petit appartement au 9 Langland Gardens, à Hamstead, en me présentant à son ancien professeur de mathématiques.

Le père d'Usman

Sur la piste de danse, ceux qui la connaissaient s'éloignaient d'elle. Je lui ai demandé un jour pourquoi elle volait les gens, même s'il ne s'agissait souvent que de petits objets sans valeur. Elle disait que c'était comme vivre une vie parallèle. Un soir, à la sortie du bar, Usman et moi l'avons trouvée sur le pavé, le front ruisselant de sang.

– L'espèce de pervers ! murmura-t-elle lorsque je me suis penché vers elle. Tu as une cigarette ?

Puis Usman m'a présenté Alex en me remettant un bout de papier. Alex, surnommé le Kid, étudiait les langues mortes et les civilisations perdues. Il discourait avec une grande aisance et une passion méthodique sur les cités archaïques et les empires disparus. Il travaillait comme gardien dans un zoo pour les enfants.

– Tu vois, m'a-t-il expliqué un jour, il y a cet instant où la confusion surgit de l'ordre établi. Tous ces gens qui courent dans différentes directions, sans avoir la moindre idée du lieu où ils se rendent ! C'est le début de la révolution. On ne se débarrasse pas du passé. Pas la peine ! On a tué l'avenir ! C'est beaucoup mieux. La question est résolue. Il n'y a plus de futur ! Tu imagines ce que cela veut dire ?

Smithy, le petit ami d'Alex, gominait abondamment ses cheveux. Il était d'une beauté saisissante. Malgré son mohawk, il ressemblait davantage à un truand qu'à un punk. Il conduisait une mobylette comme s'il s'agissait d'une grosse cylindrée. Il rêvait de l'Amérique. On aurait dit qu'il était toujours en fête. Sa phrase favorite était :

– Tu es cinglé ! Oui, tu es cinglé !

le plus cruel des mois

April venait de l'Écosse. Usman était toujours plus animé lorsqu'il était en sa compagnie. Pendant un certain temps, ils avaient squatté le même immeuble. Peu à peu, j'ai appris à mieux la connaître.

Javeria était serveuse au Chaos. Elle était si souriante que cela semblait inconvenant dans ce lieu. Après tout, un bar punk était un peu comme une église ou une mosquée.

Dans cette faune composée de vieux adolescents aux crânes rasés et de junkies qui rêvaient encore à être heureux, Javeria avait l'air d'une icône byzantine. Sa démarche était à la fois vigoureuse et élégante, avec son plateau rempli de verres de bière.

– Tu es cinglée ! dit Smitthy.
– Qu'est-ce que tu prends ? demandait Javeria.
– Velim quid tibi melius !
– How come ?
– De la bière !
– Tu veux danser avec moi ?
– A bottle of whisky, I am doing fine.
– Tu vas voir les Ramones ?
– Je ne me souviens plus de ton nom !

Le père d'Usman

– Tu es cinglé !
– Quoi ?
– Je m'en vais, leur ai-je dit. J'ai un rendez-vous demain pour un nouvel emploi.
– Hhhééeeeefff !
– Bonne nuit, Usman !
– Good night !
– Bonne nuit !
– Good night ! Good night ! Good night !

la girafe

Durant les deux années suivantes, j'allais souvent me promener sur la vieille bicyclette. Elle avait trois vitesses et un grand panier à l'avant pour les emplettes. Je partais au hasard. Je roulais à en perdre haleine. J'avais l'impression de planer doucement au-dessus du béton. Il y avait toujours des bouts de papier sur le sol, et parfois je m'arrêtais pour en ramasser un.

Je frôlais les murs. Je disparaissais entièrement dans le paysage urbain. J'aimais particulièrement rouler la nuit lorsque la ville semblait m'appartenir. Je dévalais Oxford Street et ses magasins fermés. Je tournais en rond dans Piccadilly Circus.

J'allais m'asseoir sur un banc dans un jardin désert. Les péniches et les paquebots tanguaient sur la Tamise. Un soir, j'ai rencontré au milieu d'une petite rue une femme qui avait un long cou de girafe. Ses yeux gris fixaient un lampadaire :

– Vous allez bien ? lui dis-je.
– Je n'ai pas l'intention de faire votre connaissance ! cria-t-elle.
– Désolé ! fis-je, en recommençant à pédaler.
– Hé, attendez, imbécile !
– Quoi ?
– Je vais me marier, reprit-elle.

– J'en suis heureux. Félicitations !
– Vous croyez... que je fais une erreur ?
– Je ne sais pas, lui dis-je. Vous le croyez ?
– Je crois que c'est comme jouer à la roulette russe. Non ?

Elle s'appelait Harriet. Elle avait de grands yeux gris ou verts qui m'interrogeaient, un visage rond comme on en voit dans les peintures de Raphaël : un visage dodu, au regard absent. Elle prononçait chaque mot avec une trop grande application.

– Vous n'êtes pas d'ici... ajouta-t-elle.
– Non.
– Vous venez de l'Ukraine ? De la Russie ?
– De l'Abitibi ! dis-je en riant.
– De quoi ?

Je n'ai pas répété. Il était évident qu'elle n'allait pas écouter ma réponse. Il était facile de tomber sous le charme de cette femme qui semblait jouer dans un film hollywoodien. Elle a fait quelques pas hésitants en direction d'un pub. Des gens sont sortis et l'ont bousculée, avant de disparaître dans la nuit.

La ville entière ressemblait à un musée. Les immeubles étaient beaux et tristes. Je me disais que c'était le meilleur endroit au monde pour crever ou pour se marier. J'ai pensé le lui dire, mais j'ai gardé le silence. Elle semblait m'avoir oublié. Peut-être qu'elle allait rejoindre son amoureux dans le pub.

Dans ma mémoire, certaines nuits, toutes ces promenades se fondent en une seule. La ville perd ses couleurs pour ne conserver que ses gris. La grisaille de Londres me tracasse. C'est la couleur de la solitude et de la boue derrière la mine Lamaque. Les immeubles deviennent monstrueux. Je pédale. L'asphalte est mou. Et puis, au détour d'une rue, en sortant de l'obscurité, j'aperçois une mariée avec un pistolet dans les mains. Elle s'est retournée vers moi.

L'amour au temps des punks

– J'ai passé des années à attendre ce moment. Les princesses ! La maternité ! Vous savez ? Les tâches domestiques et les fonctions sentimentales !
– Si vous l'aimez, dis-je d'une voix hésitante.
– Oui ! Il est extraordinaire ! murmura-t-elle en entrant dans le pub.

Le carnaval

Vous devez croire chaque mot
Écrit dans ce poème

Bien sûr j'avais tout faux
Le père d'Usman n'habitait pas un village dans une montagne
Il dirigeait une fabrique de poterie dans la ville des nizams

Mais je vous prie de croire chaque mot et chaque souvenir
Les fresques où les personnages viennent vous serrer la main
Les bruits de la cité les girafes les fantômes
    Et l'histoire du rat plus sage que le brahmane

l'enfirouapeux

Est-ce que je vous ai dit que, lorsque le train était entré dans la gare Victoria, je m'étais cogné contre un type en allant récupérer mes bagages ? Je me souviens bien de son visage rieur enfoncé dans ses épaules, qui lui donnait l'air d'un raton laveur, et de l'élan qu'il a pris pour quitter le wagon. J'ai ramassé une molaire sur le quai.

J'ai levé la tête et je l'ai regardé se dandiner devant moi sur l'embarcadère, avant de me diriger vers la salle des pas perdus. Il ressemblait à mon oncle Roger, qui buvait comme un trou et qui tuait son orignal tous les automnes. Il transportait la tête de l'orignal sur le capot de sa voiture et sillonnait fièrement la Troisième Avenue, à Val d'Or.

– Fais attention, Roger !
– What ? s'est-il écrié.

Parfois, dans une foule, je croyais reconnaître un visage. Celui de ma grand-mère, par exemple. Un visage blanc un peu bouffi qui ne bougeait pas quand elle épluchait les patates. Ou le visage d'un camarade d'école.

Ma mémoire avait tendance à déborder. Je crois que cela venait de l'exercice de la solitude dans la forêt boréale. Après quelques heures d'errance, vos souvenirs vous apparaissent comme des impuretés.

– Qu'est-ce que tu veux que je te raconte ? demandait tante Irène, la mère de Léonard.

– La vérité !

– Bien sûr ! Je ne te demande qu'une seule chose.

– Quoi ?

– De me croire !

Très peu de choses peuvent être accomplies sans un acte de foi. Un récit prétend jeter une lumière sur un événement. Nous pouvons goûter au déroulement des actions et à ses rebondissements comme s'il s'agissait d'une friandise. Une véritable ivresse vous saisit lorsque vous recréez le monde. Seul un acte de foi nous fait persévérer.

Alors que tout vous échappe et que vous êtes voué à la destruction, alors que les gens que vous aimez risquent sans arrêt d'être blessés, de souffrir ou d'être dépossédés, une petite histoire se déroule, chaque parole comble l'angoisse du temps, en délimitant un nouvel espace où vous êtes prisonnier.

l'usine de godemichets

J'étais en retard pour mon entrevue d'emploi. J'avais fait près d'une heure dans le Tube. À la sortie du métro, je m'étais perdu, avant de me retrouver dans un quartier assez récent de la périphérie.

Je suis arrivé au rendez-vous en sueur. L'usine venait d'être construite. Ses dimensions étaient impressionnantes. Le hall d'entrée était aussi grand qu'une nef. J'entendais la rumeur des machines qui bourdonnaient.

Des pales tournoyaient au bout de longues tiges suspendues au plafond surélevé. L'usine sentait le sucre d'orge et le plastique. J'ai demandé à un gardien de sécurité à la réception où était le bureau du recrutement.

J'ai attendu quelque temps dans une salle déserte. Une chanson jouait en sourdine. Une voix flûtée ne racontait pas un drame humain. Elle ne cherchait pas non plus à faire de vous un prisonnier. Elle répétait le même refrain joyeux, baigné de la lumière des projecteurs et des boules disco, avec cette force d'attraction nécessaire pour faire graviter les danseurs sur la piste de danse.

– I wanna go to Funky town !

Des pipeaux accompagnaient des bruits de synthétiseur. Un petit robot coloré battait la mesure alors qu'un train tournait en rond. Des éclats lumineux éclaboussaient les murs. Je martelais le rythme malgré moi, comme au souvenir d'une chanson dont les paroles seraient remplacées par d'autres, plus drôles, plus amusantes.

– Gotta move on !

La chanson s'est estompée. Une porte s'est ouverte et mon nom a été prononcé. Je suis entré dans le bureau. J'ai tendu la main à un grand homme presque chauve. Mes paumes étaient moites. Sa poignée de main était ferme.

– My name is Dan Birke, fit-il.

Il était grand, les yeux bleus délavés. Il avait ce visage jovial et sans façon de l'insulaire totalement dépourvu d'imagination qui croit que le travail et la vie de famille seront la solution à tous ses problèmes personnels.

J'avais essayé de conserver des vêtements propres pour les entrevues d'emploi. Une tache d'huile sur mon pantalon près de la braguette ne voulait pas partir. J'essayais de compenser ce manquement vestimentaire par mon enthousiasme.

Je me suis assis rapidement sur la chaise qu'il me présentait. Je prenais l'air intéressé des jeunes gens qui veulent faire leur chemin dans la vie. Il y avait beaucoup d'immigrants qui venaient des anciennes colonies, comme le Pakistan ou l'Inde, mais peu du Canada.

– Really, Quebec ? How come ?

Le temps était le même. Le temps ne changeait pas depuis que j'étais arrivé en Angleterre. Il était un symptôme de l'immanence de l'âme anglaise et devait jouer un rôle prépondérant dans la vie sexuelle des habitants. Cette douceur glauque a marqué leur enfance, la teinte de leur peau.

J'essayais de comprendre quel pouvait être le lien entre la libido, les godemichets et ces petites éclaircies du ciel qui réjouissaient tant les passants. Quel pouvait être le caractère sexuel de la douceur de ce vent et de la végétation luxuriante de l'île.

le curriculum vitæ

Dan Birke se plongea dans mon CV en sourcillant. Après quelques voyages, j'avais fait des études en génie civil, au collège Ahuntsic, puis en études arabes à l'Université de Montréal, avant de tout abandonner.

Durant l'été, j'avais été engagé à la mine de Bourlamaque, où mon père et mes oncles travaillaient. Après avoir passé une journée à pelleter la poussière du minerai broyé, j'avais été transféré au laboratoire des échantillons. Puis j'avais fait les vendanges en France durant l'automne avant de me diriger vers l'Angleterre à l'automne 1980. Ici, le temps n'existait plus.

– So you are travelling... dit-il en me considérant avec attention.

– I want to stay here, dis-je.

Dan hocha la tête, se leva d'un bond et ouvrit la porte du bureau, légèrement rigide, le torse bombé. Je l'ai imité, le regard interrogatif. Il allait me montrer l'usine, me dit-il en ouvrant aussitôt la marche. Les chaînes de montage étaient séparées par de larges corridors où roulaient des chariots élévateurs.

Les employés portaient des blouses mauves. Le logo de l'entreprise était brodé à l'épaule : Deep Pleasure. Ça me semblait de

Le père d'Usman

bon augure. J'ai suivi le directeur des ressources humaines avec entrain. Je courais derrière lui. J'étais vraiment épaté par l'ampleur de toute cette activité.

Dan me parlait avec simplicité et enthousiasme de la taille de l'usine, du marché en croissance, de l'Union européenne et des chances incroyables qui se profilaient pour l'érotisme britannique. Les ouvriers ne levaient pas la tête de la chaîne de montage.

Les objets moulés dans une pâte de silicone présentaient des textures gluantes et colorées. Couverts de ventouses, parfois de pustules et de protubérances diverses, ils défilaient sur les tapis roulants. Des mains inséraient des systèmes électriques à l'intérieur des godemichets. Ils sauraient imiter les mouvements naturels des organes et des muscles.

Dan parlait avec vigueur, comme doit le faire le représentant d'une forme évoluée de la vie. Il a ouvert une porte et m'a invité à entrer. Quand la porte s'est refermée avec fracas, je me suis retrouvé dans une pièce sombre.

– So long ! dit Dan Birke.

où est-ce

Un chat a glissé dans l'ombre. Il semblait fixer, immobile, une grosse tache rouge. Une odeur enivrante émanait du sol. Une odeur de sueur et d'enfant qui joue, de bonbons et de mélodie. Mon esprit savait pourtant que le souvenir n'est pas une science exacte.

Il y avait eu des jours comme celui-ci où j'essayais de soupeser mon passé. Ces jours-là, il me semblait que mes souvenirs étaient démontables. Je pouvais les modeler, les séparer, les reprendre. Je pouvais les soupeser dans mes mains et les renifler. Je les égrenais et je revenais toujours à la même conclusion.

Le temps qui passe est un monstre. Un de ces êtres à la fois redoutable et charmant, comme mon oncle Léopold, dit le Gros Cave, qui trouvait toujours un moyen d'emberlificoter ses proies.

– Sacrament! s'écriait-il. Je suis pas vaillant, mais je suis pas fou non plus. Viens par ici, mon petit christ!

Léopold appartenait à cette époque lointaine et fuyante où les héros couraient dans les bois. Ils disparaissaient sans laisser de traces. Léopold avait le visage onctueux de l'ouvrier qui travaillait jusqu'au petit matin, à en devenir abruti, dans un état d'hypnose,

Le père d'Usman

et de l'artiste raté qui ne pouvait s'habituer au langage naturel des êtres, des plantes et des animaux.

– Viens par ici, mon christ de chat !

Les insultes répétées étaient denses et sonores. Elles étaient écrasantes et splendides, et se passaient de commentaires. Mon enfance avait été remplie de ces insultes merveilleuses, fortes et vibrantes, qui parfois vous torturaient et d'autres fois vous démasquaient.

Vous étiez là, rempli d'émotion, de rage et de sanglots, coincé entre ces paroles blessantes et l'impossibilité d'y répondre pleinement. Certes, la vie ressemblait certains jours à une farce. Vous croyez avoir tout vu ? Vous aviez certainement oublié ce souvenir ravissant.

Léopold a ricané et s'est tourné vers moi.

– Tu vois, tu peux pas t'enfuir bien loin.

C'est ce que j'avais tout de suite aimé dans les poèmes de T. S. Eliot, que je lisais dans le schlamm, derrière la mine Lamaque. Où que je sois, il y avait ces mots que j'avais déjà entendus, autrefois, ces grands personnages de la mythologie qui venaient à ma rencontre pour me narguer, ces enfirouapés qui font les fous, et ces scènes hypnotiques où tout semblait possible.

Peu à peu, je me suis habitué à la noirceur. Il me semblait reconnaître la pièce. Elle était un composite des chambres crasseuses de mon enfance. Elle était vraiment un de ces endroits oubliés, un de ces espaces résiduels, un de ces lieux remplis d'oubli et de frustration. Quelques années plus tard, j'ai trouvé un nom pour cette pièce : elle s'appelle le refoulement.

Coronation Street

— Je viens des terres basses de l'Écosse. Là-bas, les gens essaient de survivre. Je crois que c'est tout ce qu'ils font. Ils ont l'air idiots.

Les yeux d'April étaient verts. Son corps frêle avait déjà subi l'outrage du temps, de l'adoration, des drames de la vie quotidienne. Son maquillage, ses cheveux roses dressés dans les airs, ses bijoux clinquants, sa croix gammée en pendentif donnaient l'impression inquiétante qu'elle était arrivée au bout de la route. L'histoire était une suite de destructions.

Il n'y avait pas beaucoup de joie chez April. Certains auraient dit qu'elle était une autre de ces filles de province qui s'échouaient dans la grande ville et attendaient la réalisation de leur destin. Cela aurait été mal la comprendre. Elle menait une vie semi-mondaine, et était en constante représentation. Selon elle, le mouvement punk n'était pas un bateau de croisière.

— Nous avons encore quelques mois, disait-elle. C'est tout ce qu'il nous reste.

Je crois qu'April était une muse tout autant qu'une groupie. Elle aimait parler des Damned et des Sex Pistols. Elle connaissait plusieurs musiciens célèbres et fauchés qui jouaient avec entrain en chancelant sur la scène, les jambes lourdes et le regard fou, en

Le père d'Usman

martelant des rythmes révolutionnaires. J'ai appris plus tard qu'elle avait été choriste pour un de ces groupes.

Un jour, lorsque je l'ai questionnée sur sa croix gammée, elle m'a répondu :

– Il faut détruire toutes les images... Moi aussi, je suis une image.

J'avais fréquenté quelques bars punk à Montréal, alors que j'étais étudiant en génie civil. Mon ami Louis Haché, un artiste en arts visuels, m'avait emmené voir les 222 dans un bar de l'ouest de la ville-île. Chaque fois, j'avais l'impression de me rendre à la foire. On se déguisait pour sortir et on sautait sur place, comme des mollusques ou des crustacés joliment colorés.

Ici, les punks se retrouvaient dans tous les quartiers. Leurs vêtements sombres et leurs cheveux hérissés appartenaient à la ville, au même titre que les impériales et les taxis. Ils étaient présents dans les marchés aux puces, dans les parcs ou les grands magasins. Il ne faisait pas de doute que plusieurs d'entre eux, comme April, étaient prêts à mourir pour leurs drôles d'idéaux.

Ce soir-là, si je m'en souviens bien, nous étions dans la ruelle derrière le bar – ou plutôt dans une cour intérieure oblongue couverte de macadam et bordée d'entrepôts, qui formait un cul-de-sac et rejoignait une rue adjacente par une voie piétonnière. On attendait Usman. April a ajouté, avec son accent qui s'éternisait sur les voyelles :

– Lorsque j'étais petite, j'ouvrais la télé en revenant de l'école. J'écoutais *Coronation Street*. J'avais l'impression de connaître cette rue mieux que la mienne. Les gens buvaient sans arrêt dans les pubs. Ils enchaînaient les petits boulots et discutaient de leurs vies. Ils avaient nulle part où aller.

laisse tomber et viens fêter

April évoquait l'Écosse avec une amertume qui dissimulait mal l'amour meurtri. Elle aimait deux choses : la musique des Sex Pistols et parler de l'Écosse, où elle ne voulait jamais retourner. April avait squatté avec Usman et d'autres punks un appartement crasseux de Brixton.

Ses tatouages camouflaient en partie les traces de piqûres sur ses bras. La cour était sombre. Il y avait un lampadaire à la sortie de la voie piétonnière, au fond de la cour, et une ampoule nue brûlait au-dessus de l'entrée du bar.

C'est une des rares fois où je me suis retrouvé seul avec April, c'est pourquoi je vous en parle. Dans mon souvenir, Usman était parti chercher des sandwichs. C'est flou dans ma mémoire.

Je ne veux pas vous raconter des histoires. On était sortis du bar affamés. Usman nous avait quittés en nous faisant signe qu'il allait revenir avec des victuailles. On s'est assis sur le macadam, dos au mur. April fumait.

– The Ghosts vont venir à Londres. Ils sont formidables. C'est de la pure énergie sur scène. Si tu les voyais !

– Il paraît qu'ils sont bons.

Le père d'Usman

– Bons ! Avec eux, c'est l'apocalypse tous les soirs.

Ses grands yeux verts fixaient le vague. Son teint était d'une blancheur inquiétante. De la sueur perlait à son front. Sa jupe écossaise était fendue à la cuisse. Lorsqu'elle a relevé ses jambes, sa jupe s'est soulevée.

J'étais ébahi de discerner clairement le fémur sous la chair. Elle était un squelette, une sorte de divinité impersonnelle comme la nuit ou le jour, ou les roches près d'un ruisseau.

– Qu'est-ce que tu regardes ?

– Tu es vraiment maigre.

– Oui. J'ai faim. Est-ce qu'Usman va revenir bientôt ?

J'étais égoïste et heureux. Heureux d'être là, d'être présent à son malheur, d'entendre les voitures klaxonner un peu plus loin. J'aimais ce temps de bruine et la grisaille, qui me rappelaient d'où je venais – et ce que j'avais quitté.

– Mon père, marmonna April, avait des coliques. Il pouvait avoir le hoquet durant toute une soirée. Tu imagines ça ? Il arrêtait pas de hoqueter ! Il se croyait à La Havane. Il se croyait au paradis !

– Oui, je vois, dis-je.

– Alors, j'écoutais *Coronation Street*. J'avais rien à faire.

Usman est revenu avec les sandwichs. Il a mimé avec entrain comment il avait traversé la rue en courant. Une voiture avait failli le renverser. Ses bras s'agitaient dans tous les sens. J'interprétais ses gestes de plus en plus naturellement.

– J'ai eu la vision de ce que ce serait, si j'avais été écrasé par une automobile, avec les sandwichs à la main. Est-ce que tu aurais pleuré ?

– Tu parles ! dit April en bâillant. Arrêtez ce cirque.

– L'ambulance serait arrivée rapidement, et ils auraient tout nettoyé...

– C'est comme si tu étais parti à une fête !

laisse tomber et viens fêter

April évoquait l'Écosse avec une amertume qui dissimulait mal l'amour meurtri. Elle aimait deux choses : la musique des Sex Pistols et parler de l'Écosse, où elle ne voulait jamais retourner. April avait squatté avec Usman et d'autres punks un appartement crasseux de Brixton.

Ses tatouages camouflaient en partie les traces de piqures sur ses bras. La cour était sombre. Il y avait un lampadaire à la sortie de la voie piétonnière, au fond de la cour, et une ampoule nue brûlait au-dessus de l'entrée du bar.

C'est une des rares fois où je me suis retrouvé seul avec April, c'est pourquoi je vous en parle. Dans mon souvenir, Usman était parti chercher des sandwichs. C'est flou dans ma mémoire.

Je ne veux pas vous raconter des histoires. On était sortis du bar affamés. Usman nous avait quittés en nous faisant signe qu'il allait revenir avec des victuailles. On s'est assis sur le macadam, dos au mur. April fumait.

– The Ghosts vont venir à Londres. Ils sont formidables. C'est de la pure énergie sur scène. Si tu les voyais !

– Il paraît qu'ils sont bons.

Le père d'Usman

– Bons ! Avec eux, c'est l'apocalypse tous les soirs.

Ses grands yeux verts fixaient le vague. Son teint était d'une blancheur inquiétante. De la sueur perlait à son front. Sa jupe écossaise était fendue à la cuisse. Lorsqu'elle a relevé ses jambes, sa jupe s'est soulevée.

J'étais ébahi de discerner clairement le fémur sous la chair. Elle était un squelette, une sorte de divinité impersonnelle comme la nuit ou le jour, ou les roches près d'un ruisseau.

– Qu'est-ce que tu regardes ?

– Tu es vraiment maigre.

– Oui. J'ai faim. Est-ce qu'Usman va revenir bientôt ?

J'étais égoïste et heureux. Heureux d'être là, d'être présent à son malheur, d'entendre les voitures klaxonner un peu plus loin. J'aimais ce temps de bruine et la grisaille, qui me rappelaient d'où je venais – et ce que j'avais quitté.

– Mon père, marmonna April, avait des coliques. Il pouvait avoir le hoquet durant toute une soirée. Tu imagines ça ? Il arrêtait pas de hoqueter ! Il se croyait à La Havane. Il se croyait au paradis !

– Oui, je vois, dis-je.

– Alors, j'écoutais *Coronation Street*. J'avais rien à faire.

Usman est revenu avec les sandwichs. Il a mimé avec entrain comment il avait traversé la rue en courant. Une voiture avait failli le renverser. Ses bras s'agitaient dans tous les sens. J'interprétais ses gestes de plus en plus naturellement.

– J'ai eu la vision de ce que ce serait, si j'avais été écrasé par une automobile, avec les sandwichs à la main. Est-ce que tu aurais pleuré ?

– Tu parles ! dit April en bâillant. Arrêtez ce cirque.

– L'ambulance serait arrivée rapidement, et ils auraient tout nettoyé...

– C'est comme si tu étais parti à une fête !

Le carnaval

April se sentait bien avec Usman. C'était assez étrange à voir. J'étais là entre les deux et je traduisais les paroles d'Usman, qui n'avait sans doute pas besoin de moi. La vie était une sale aventure. April en avait marre des grands pans de ciel sirupeux et des chansons de Blondie, mais avec Usman elle riait parfois.

À mes yeux de provincial, elle incarnait la fin de l'histoire et l'anarchie. Usman, au contraire, malgré ses allures de punk, baignait dans un monde merveilleux, où il était sans cesse en lien avec le cosmos. Il nous a remis nos sandwichs. Après un temps, on s'est aperçus que l'ampoule au-dessus du bar faisait des ombres sur le macadam lorsque Usman agitait ses mains.

Ce soir-là, derrière le Chaos, Usman nous a raconté l'histoire suivante.

histoire du rat plus sage que le brahmane

D'abord il faut bien dire que l'on était un peu bourrés. Je ne veux pas non plus prétendre que ce conte appartient au patrimoine hindou. Je vous ai cependant avertis que les doigts d'Usman étaient habités par des esprits habiles. Ils avaient cette capacité de flotter dans l'espace et de nous persuader que ce qu'ils racontaient était bien réel.

April et moi nous étions appuyés contre le mur du Chaos, et nous mangions nos sandwichs. Usman projetait des ombres sur le macadam de la cour. On aurait dit que les images formées avec ses doigts étaient encore plus précises lorsqu'elles s'aplatissaient sur une surface bidimensionnelle.

– Un samedi soir, dis-je en regardant les silhouettes dessinées par les mains d'Usman, un brahmane est sorti d'un pub où il avait passé la soirée à célébrer Vishnou en compagnie d'un rat et d'un tigre. C'était un soir de pleine lune. Le tigre se vantait d'être le plus noble des animaux. Est-ce qu'il n'était pas le plus puissant et le plus fort ? Le brahmane affirmait qu'il était l'être le plus sage et le plus intelligent. Lui seul était le représentant de Vishnou. Le rat couinait et trottinait gaiement à leurs côtés.

– Héééeeefffff ! ajouta Usman.

Le carnaval

Le tigre se déplaçait avec de grands mouvements amples souples, le dos dessiné par le revers d'une main, alors que le rat sautillait – ce n'était, il me semble, que le pouce d'Usman qui s'agitait d'une manière ravissante et qui apparaissait entre les pattes du tigre, formées par ses autres doigts. Le brahmane se tenait debout avec une extrême élégance et je ne sais comment Usman réussissait à faire flotter les pans de sa tunique.

– Ils avaient faim. Le tigre a dit qu'il mangerait bien un des piétons qui se faufilaient dans les ruelles. « Ces passants, dit le tigre, sont bien gras et appétissants. Je suis l'être le plus important sur terre, car je peux les manger à mon gré. » Le brahmane n'avait pas eu le temps de protester qu'aussitôt, un coup de feu retentit.

Le dos de la main se renversa et, durant un court instant, on assista à l'agonie du tigre. Les doigts se crispèrent. Le grand fauve était agité de spasmes et, peu à peu, avec une habileté qui me ravit, le tigre a glissé dans l'ombre. On ne voyait plus que la silhouette du brahmane. Le rat s'agitait avec inquiétude entre les jambes du saint homme. Un chasseur s'est avancé vers eux.

– Le chasseur anglais, voyant que le brahmane et le rat étaient tristes, décida de les inviter à manger le tigre. « Vous avez faim. Venez avec moi. Ainsi votre ami ne sera pas mort en vain », dit-il pour les consoler.

– Ah! Ah! Ah! s'exclama April, ce sont des paroles de sagesse !

Des punks étaient sortis fumer. Ils se bousculaient en rigolant. Ils discutaient. Peu à peu certains se sont joints à nous. Ils regardaient avec amusement les jeux d'ombres créés par les mains d'Usman. Celui-ci s'était rendu compte qu'en s'éloignant légèrement de l'ampoule qui surplombait l'entrée du bar, il pouvait agrandir démesurément les silhouettes et leur donner des reliefs ou des textures étonnantes.

Le père d'Usman

— Je trouve ça triste pour le tigre ! fit l'un d'eux.
— Tu es vraiment très drôle, grinça un autre.
— Ouais, oublie pas : le tigre aimerait bien te bouffer !
— Chut !

Des rires se sont élevés, tandis que l'on voyait le tigre apprêté au milieu d'une table. On pouvait discerner le brahmane qui mangeait parmi eux avec dévotion. L'incarnation de Vishnou n'avait pas mangé de viande depuis fort longtemps. C'était contre ses principes, mais il voulait honorer son ami.

— Le brahmane se disait que le tigre allait enfin connaître la réalité ultime, et qu'il était tout de même heureux que sa dépouille puisse nourrir ainsi toute cette vaste assemblée. Le rat grignotait à ses côtés et couinait.

— Je suis sûr que le tigre était délicieux !
— Vous savez si on peut manger du tigre au restaurant ?
— On mange bien du singe !
— Ta gueule ! Laisse-le continuer ! coupa April.

Usman lui jeta un regard reconnaissant. Il se sentait prêt à évoquer un monde d'illusions pour conquérir le cœur d'April. Il aurait voulu lui raconter les histoires les plus exquises, et dessiner avec ses doigts les sentiments qu'il ne pouvait exprimer de vive voix.

Usman modela avec ses mains un brahmane qui semblait plus véridique que tout ce que l'on avait vu jusqu'alors. On pouvait sentir son souffle et son appétit carnassier qui ne cessait de croître, alors qu'il déchirait la viande du tigre avec ses dents. Il avait perdu toute retenue. Le rat à ses côtés tiraillait sur la chair cuite et odorante de son ami. Il n'avait pas besoin de longues explications !

La faim est impitoyable. Elle ébranle notre être dans ses fondements et nous redonne espoir. Elle nous rapproche du carnaval, et de ces grands moments où la fragilité de notre être

Le carnaval

nous est indifférente. Peu importe le passé et l'immortalité des dieux, si on peut enfin manger ceux qui nous sont le plus chers !

C'est à ce moment que le brahmane s'étouffa. Usman l'avait dépeint penché au-dessus de la bête. Ses mains avaient réussi à mimer l'extase que le saint homme avait ressentie à fouiller les tripes de l'amitié. On avait ressenti son plaisir et sa déglutition cathartique. Il se souleva. Un instant, les convives et la bête disparurent près de lui.

Un petit os du tigre était pris dans sa gorge. Le brahmane aurait bien voulu prononcer une dernière parole de sagesse. Il aurait bien aimé tirer un enseignement de cette soirée funeste, mais il n'en eut pas le temps. Il n'était plus qu'une apparition. Il oscillait sur le macadam. L'os déchirait son œsophage. Le brahmane tomba à genoux et mourut, tandis que l'assemblée poursuivait sa ripaille.

Je me suis tu un instant. L'ampoule du bar semblait servir à la projection d'une lanterne magique. Il n'y avait pourtant que les mains d'Usman, qui ne bougeaient plus que légèrement. On voyait le rat se détacher des convives. Les punks étaient muets. J'ai repris :

– De mémoire de rat, il n'y avait jamais eu un tel festin. Le tigre, on le sait, était un vantard. Il avait été puni pour sa vanité. Ce soir-là, les nuages avaient couvert la pleine lune, car Vishnou, attristé, n'avait pas voulu assister à ce spectacle. Le brahmane avait quant à lui oublié cette parole de Siddharta : l'être le plus sage n'a pas besoin de discours. C'est pourquoi les dieux se taisent lorsque nous nous adressons à eux.

Épilogue

La littérature n'est jamais qu'une autre façon d'accepter le monde. D'abord il faut sortir du lit et fermer le réveille-matin. Il faut se brosser les dents et se regarder dans le miroir. Dès les premiers jours, j'ai aimé la tristesse et la solennité des musées, et le fait de ne plus avoir à croiser mon passé.

Il ne risquait plus de m'apparaître au coin d'une rue, sous les traits d'un homme jovial qui allait soudainement empiéter sur ma vie ! Il n'allait pas se présenter à moi comme une énigme que je devrais résoudre sur-le-champ, sous peine de bégaiement, de disparition dans la forêt boréale, où les épinettes grises s'enflammaient dans la nuit.

– Fais pas la baboune, mon beau ! Viens-t'en avec nous dans forêt !

– Espèce de gnochon pis de grand lambineux : presse-toi, on a pas juste ça à faire, t'attendre !

D'aussi loin, je pouvais même leur jeter un regard bienveillant, et essayer de comprendre. Est-ce que tout cet amas de débris et de régression, de désirs archaïques et d'odeurs de marécages, de semence, de végétaux, d'animaux pris au piège et de répugnances n'allaient pas après tout devenir ma matière première, le terreau de mes peurs et la nostalgie de mes phrases ?

Le père d'Usman

Quelques jours avant mon premier Noël à Londres, dans une boutique des nettoyeurs à sec Perkins de la rue Thayer où j'avais été embauché, un présentateur a annoncé la mort de John Lennon à la radio, tandis que je rangeais des vêtements repassés sous une housse de plastique. Le chanteur était soumis à une désincarnation subite : il appartenait désormais au monde de la romance, des chansons, de la radio, de l'histoire et des faits divers.

En Abitibi, enfant, j'avais acheté un paquet de gomme qui contenait une photo noir et blanc des Beatles. John, Paul, George et Ringo sautaient dans les airs en souriant, dans leur complet pâle à col mao.

So this is Christmas
And what have you done

La chanson se tenait en embuscade tandis que je faisais mon boulot. Elle entrait lentement dans mes artères. Elle se glissait dans les méandres de mon réseau sanguin. Elle apparaissait à nouveau quand je regardais les canards dans un parc, ou lorsqu'un petit nuage gris semblait me suivre toute la journée.

— We have learned this morning... disait l'annonceur d'une voix grave et triste.

La voix de John Lennon sortait des décombres. Une voix d'une grande simplicité, individualisée à jamais dans ma mémoire. Une voix de prestidigitateur. On ne se doutait de rien et soudainement un lapin sortait du chapeau.

— ... outside his flat in New York City...

Carter, qui venait de Chicago, n'avait pas d'opinion sur le sujet. Il perdait ses cheveux et avait deux enfants. Il était là tous les jours, mais j'ai très peu de souvenirs de lui. Carter tenait parfois de longues conversations en privé avec le propriétaire, monsieur Perkins.

Épilogue

Joey, qui travaillait à mes côtés, n'aimait pas Yoko. Selon lui, Yoko Ono était la pire erreur du Beatle. Pourquoi John avait-il épousé une Japonaise, se demandait Joey avec incrédulité, alors qu'il aurait pu avoir toutes les femmes du Royaume-Uni ?
— Just imagine ! All the women ! disait-il avec son accent cockney, une sorte de stupéfaction dans la voix.
— Shot in the back...

War is over now...

John Lennon faisait également partie des fantômes. Il était un personnage qui appartenait à l'histoire, comme Virginia Woolf, T. S. Eliot et ma tante Irène. Des photos du musicien apparaissaient dans les vitrines de plusieurs magasins : il avait vingt ans, trente ans, quarante ans. Puis il ne vieillissait plus.

Il n'y avait pas de neige dans les rues. Le ciel était gris et le temps était doux. Le brouillard couvrait Westminster Abbey. Après avoir scellé la housse, je l'ai suspendue à un long support à vêtements mobile. Je regardais les piétons dévaler la rue Thayer. Tout le monde avait l'air heureux. J'ai sorti un bout de papier d'Usman : « Je suis à l'enterrement de mon père. »

J'aimais Londres. Peut-être parce que je n'attendais pas l'hiver. Parce que les ampoules ne se vissaient pas au plafond. Les prises électriques n'étaient pas les mêmes qu'en Amérique. Les voitures roulaient à contresens. Je ne sais pas au juste. J'aimais la Tate Galery et la salle ronde du Albert Hall, où j'allais écouter de grandes symphonies.

Personne ne me connaissait. Je n'avais plus de pressentiments. Je ne trimbalais pas de photographies. Je n'avais même pas de livres. J'étais bien. Je cessais de me répéter des paroles, de marmonner dans le noir. Je n'avais plus de passé. J'aimais même

Le père d'Usman

le fait d'avoir à parler une langue étrangère. C'était presque aussi bien que d'être muet.

Comme lorsque l'on est ivre et que l'on se met à répéter des phrases ou des souvenirs. Comme lorsque l'on pense avoir découvert l'immortalité au fond de son verre, le rythme parfait d'une phrase, ou un bout de papier sur le sol que l'on croyait terriblement important.

Comme, comme, comme.

Septembre 2010 – janvier 2015

Le chronotope	9
un enfant et sa mère	13
T. S. Eliot	15
le ballon rose	17
la solitude	19
un héros des montagnes	21
les racines	24
le siffleux	28
L'amour au temps des punks	31
bon débarras	35
la chance	38
les dents	40
portrait de mon père	42
tu es cinglé	43
le plus cruel des mois	45
la girafe	47
Le carnaval	51
l'enfirouapeux	55
l'usine de godemichets	57
le curriculum vitae	59
où est-ce	61
Coronation Street	63
laisse tomber et viens fêter	65
histoire du rat plus sage que le brahmane	68
Épilogue	73

ACHEVÉ D'IMPRIMER
EN SEPTEMBRE 2015
SUR LES PRESSES DE MARQUIS IMPRIMEUR INC.

Québec, Canada

Imprimé sur du papier Enviro 100% postconsommation traité sans chlore, accrédité ÉcoLogo et fait à partir de biogaz.